W0291204

www.loqueleo.santillana.com

Título original: THE LIBRARIAN AND THE ROBBERS
Primera edición publicada por J. M. Dent & Son Ltd.

ISBN: 978-84-9122-089-3
Depósito legal: M-37.525-2015
Printed in Spain - Impreso en España

Primera edición: febrero de 2016
Más de 20 ediciones publicadas en el Grupo Santillana

Directora de la colección:
Maite Malagón
Editora ejecutiva:
Yolanda Caja
Dirección de arte:
José Crespo y Rosa Marín
Proyecto gráfico:
Marisol del Burgo, Rubén Chumillas y Julia Ortega

El secuestro de la bibliotecaria

Margaret Mahy

Ilustraciones de Quentin Blake

loqueleo

I

Un día, Ernestina Laburnum, la bella bibliotecaria, fue raptada por unos malvados bandidos. Acababa de salir a pasear por el bosque, situado en las proximidades de la ciudad, cuando los bandidos la asaltaron y se la llevaron.

—¿Por qué me secuestran? —preguntó con frialdad—. No tengo amigos ricos ni primos ricos. La verdad es que soy una pobre huérfana sin casa propia, aparte de la biblioteca.

—Eso es precisamente lo que nos interesa —dijo el Bandido-Jefe—. El ayuntamiento de la ciudad pagará un generoso rescate. Todo el mundo sabe que la biblioteca no funcionará nada bien sin su bibliotecaria.

Era bastante cierto, ya que la señorita Laburnum tenía en su poder las llaves de la biblioteca.

—Creo que debo advertirles —dijo Ernestina— de que pasé el fin de semana con una amiga que tiene cuatro niños pequeños. En la casa todos estaban enfermos de sarampión.

—No importa —replicó el Bandido-Jefe—. Yo ya lo he tenido.

—¡Pero yo no! —exclamó el bandido más próximo.

Los otros bandidos miraron a la señorita Laburnum con cara preocupada. Ninguno de ellos había pasado la horrible enfermedad del sarampión.

Cuando se recibió en el ayuntamiento la carta pidiendo el rescate, se produjo una gran discusión. Los miembros del Consejo Municipal querían que las cosas se hicieran bien.

—¿Bajo qué concepto consideraremos el secuestro de la bibliotecaria? —preguntó uno de los concejales—. ¿El dinero del rescate debe figurar como un gasto de personal o como un gasto del fondo de cultura?

—La Comisión de Cultura se reunirá dentro de dos semanas —dijo el alcalde—. Propongo que ellos tomen entonces una decisión sobre este punto.

Pero mucho antes de que tuviera lugar esta reunión, todos los bandidos, excepto el jefe, sufrían ya la terrible enfermedad del sarampión. Se volvieron muy irritables y tenían las narices encarnadas y llenas de mocos.

—Creo que un baño caliente ayuda a que salga la erupción —dijo la señorita Laburnum sin demasiada seguridad—. ¡Ah!, si estuviera en mi biblioteca podría buscar la palabra «sarampión» en el *Diccionario práctico de medicina familiar.*

El Bandido-Jefe dirigió una mirada triste a los hombres de su banda.

—¿Está usted segura de que es sarampión? —preguntó—. Me parece una

enfermedad muy poco digna para un bandido. Pocas personas quedan bien con granitos en la cara, pero para unos ladrones resulta desastroso. ¿Tomaría usted en serio a un ladrón con granitos?

—No forma parte de las funciones de una bibliotecaria tomar en serio a ningún ladrón, con granitos o sin ellos —replicó Ernestina con altanería—. De todos modos, no podrán volver a robar hasta que no se recuperen del sarampión. Están en cuarentena. No querrán que les echen la culpa de extender el sarampión por todas partes, ¿verdad?

El Bandido-Jefe gimió.

—Si me lo permite —dijo la señorita Laburnum—, iré a mi biblioteca y sacaré el *Diccionario práctico de medicina familiar.* Con ese valioso libro intentaré aliviar el sufrimiento de sus compañeros. Claro que no lo podré tener en préstamo más de una semana. Es un libro de consulta muy solicitado, ¿entiende?

Las lamentaciones de los bandidos enfermos resultaban insoportables para el jefe.

—Está bien —aceptó—. Puede ir a buscar el libro y nos olvidaremos del secuestro de momento. Pero solo de momento, ¿eh?

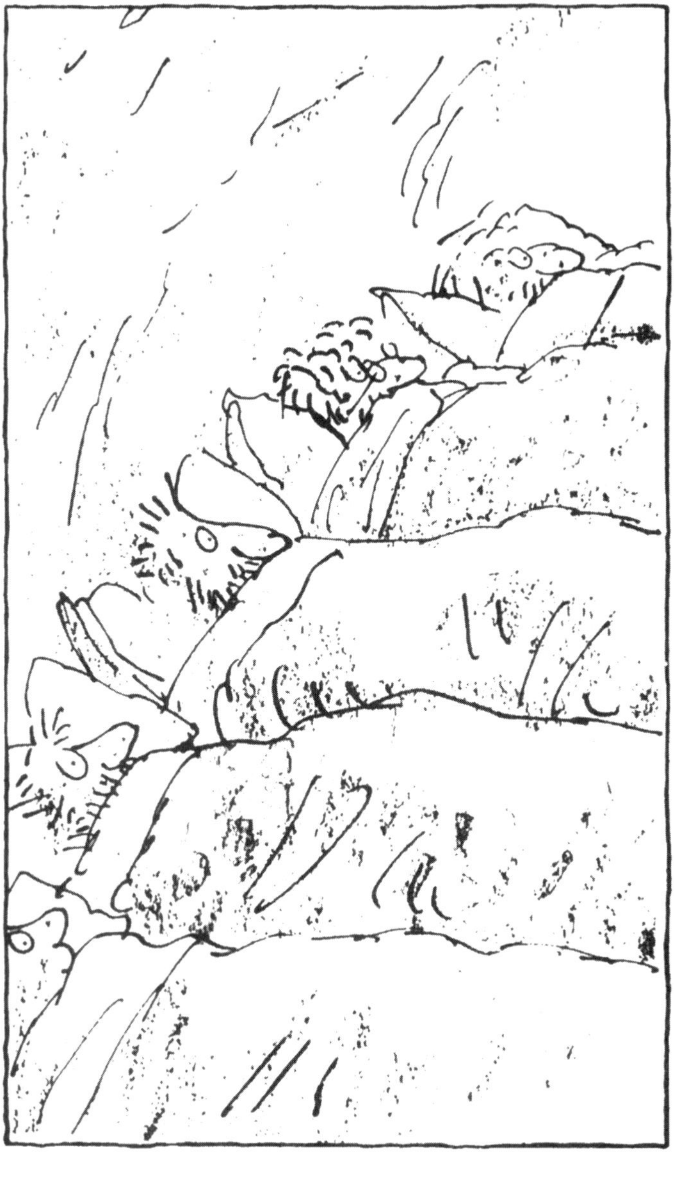

II

Poco tiempo después, la señorita Laburnum regresó cargada con varios libros. 13

—¡Un baño caliente para que brote la erupción! —exclamó leyendo en voz alta—. Luego la cueva deberá quedar a oscuras. Y nada de leer o jugar a las cartas. Se debe tener mucho cuidado con los ojos cuando se sufre el sarampión.

Para los bandidos resultaba muy aburrido estar tumbados a oscuras en la cueva. La señorita Laburnum les tomó la temperatura y les preguntó si les dolían los oídos.

—Es muy importante no enfriarse —dijo subiendo las mantas hasta las barbas de los bandidos y remetiendo tanto la ropa de las camas que ni siquiera podían moverse—. Pero, para que se distraigan, voy a leerles algún libro. ¿Qué libros han leído ya?

Los bandidos no habían leído nada. Eran prácticamente analfabetos.

—Muy bien —dijo la señorita Laburnum—. Empezaremos por *Alí Babá y los cuarenta ladrones*. Luego, iremos leyendo libros más complicados.

Los bandidos no habían tenido nunca a nadie que les leyera. A pesar de la fiebre,

escuchaban con mucha atención. Incluso el Bandido-Jefe escuchaba, aunque la señorita Laburnum le había ordenado preparar un nutritivo caldito para los enfermos.

—¡Cuéntenos más sobre Alí Babá! —gritaban impacientes los bandidos—. ¡Vuelva a leernos *Alicia en el país de las Maravillas*!

La historia de Robin Hood los puso muy nerviosos. Se trataba de un ladrón, igual que ellos, pero con ideas nobles, como dar el dinero robado a los pobres. A ellos no se les había pasado por la cabeza la tontería de entregar lo que robaban a

los pobres.

A los pocos días, los granos comenzaron a desaparecer y se despertó en los bandidos un hambre canina. La señorita

Laburnum consultó su *Diccionario práctico de medicina familiar* y encontró algunas recetas de cocina apetitosas para los convalecientes. Se las copió al Bandido-Jefe.

Como ya había abandonado la idea de secuestrar a la bibliotecaria, el jefe pensó en secuestrar el libro. Pero la señorita Laburnum no se lo permitió.

—Este libro lo utiliza mucha gente en la biblioteca —dijo la joven—. Pero, por supuesto, siempre pueden ir a la biblioteca y consultarlo cuando quieran.

Algunos días después, los bandidos se encontraban totalmente recuperados y la señorita Laburnum, con sus llaves, regresó a la ciudad. El incidente del secuestro pronto quedó olvidado. El *Diccionario práctico de medicina familiar* volvió a ocupar su sitio en uno de los estantes de la biblioteca. Y la biblioteca abrió otra vez sus puertas a las gentes, que habían estado privadas de literatura durante los días del secuestro de la señorita Laburnum.

SILENCIO

III

Sin embargo, tres semanas después de estos dramáticos sucesos, se produjo un nuevo incidente con los bandidos.

En pleno día irrumpió en la biblioteca el Bandido-Jefe en persona.

—¡Sálveme! —gritó—. ¡Un policía me está persiguiendo!

La señorita Laburnum le dirigió una fría mirada.

—Deme su nombre, ¡rápido! —dijo ella.

El Bandido-Jefe dio un brinco hacia atrás. Una expresión de horror se adivinó bajo su barba negra y enmarañada.

—¡No, no! —exclamó—. ¡Cualquier cosa menos eso!

—¡Rápido! —apremió la señorita Laburnum—. Dese prisa o no podré ayudarle.

El Bandido-Jefe se inclinó sobre el mostrador para susurrar al oído de la bibliotecaria:

—Bienvenido Bienhechor.

La señorita Laburnum no pudo evitar una sonrisa. Ciertamente, era un nombre extraño para semejante personaje.

—En la escuela siempre me llamaban Malvenido Malhechor —se lamentó el bandido—. Es ese nombre lo que me ha impulsado a llevar una vida de crímenes. Pero, escóndame, querida señorita, o me atraparán.

La señorita Laburnum le colocó una etiqueta con un número, como si fuera un libro, y le situó en una estantería con muchos volúmenes de autores cuyos apellidos empezaban por la letra «**B**». El bandido estaba colocado con exactitud por

orden alfabético, ya que el orden alfabético es una regla esencial para cualquier bibliotecario.

El policía que perseguía al Bandido-Jefe entró en la biblioteca. Era un buen corredor, pero se había retrasado un poco

porque tuvo la mala fortuna de tropezar con un niño montado en un triciclo.

—Señorita Laburnum —dijo el policía—, estoy persiguiendo a un célebre jefe de bandidos que ha entrado en la biblioteca. Mire, allí le veo, en los estantes de la letra «**B**». ¿Me lo puedo llevar, por favor?

—Desde luego —respondió amablemente la señorita Laburnum—. ¿Ha traído su tarjeta de lector?

La cara del policía mostró su disgusto.

—¡Cielos, no! La tengo en casa. La uso para señalar las páginas de mi *Guía para atrapar ladrones*.

—En ese caso, temo que no podrá retirar nada sin su tarjeta de lector. El Bandido-Jefe es propiedad de la biblioteca.

El policía asintió con la cabeza lentamente. Sabía que sin la tarjeta no se permitía retirar nada. Era una norma estricta de la biblioteca.

—Iré en una carrera a buscarla —dijo el policía—. No vivo muy lejos de aquí.

—Vaya entonces —dijo con amabilidad la señorita Laburnum.

El policía salió precipitadamente de la biblioteca haciendo crujir el suelo con sus pesadas botas.

La señorita Laburnum se dirigió al estante de la «**B**» y bajó al Bandido-Jefe.

—Bien, ahora dígame qué ha venido a hacer aquí —interrogó con severidad la bibliotecaria.

Pero, a pesar de su tono, no engañó al Bandido-Jefe. Sabía, en realidad, que ella estaba muy contenta de volver a verle.

—Verá, señorita Laburnum, el caso es que mis hombres parecen muy inquietos. Desde que usted les leía aquellos cuentos no han vuelto a sentirse contentos después de cenar. Antes solíamos sentarnos alrededor del fuego, cantábamos canciones de bandidos y disfrutábamos con nuestro humor grosero. Pero ahora han perdido el gusto. Quieren oír historias de *Alicia,* de *La isla del tesoro,* de reyes y payasos. Por eso venía a hacerme socio de la biblioteca y llevarme algunos libros. ¿Qué debo hacer? No me atrevo a regresar sin libros, pero ese policía puede volver en cualquier momento. ¿No se enfadará con usted cuando descubra que me he marchado?

—Eso tiene fácil arreglo —dijo sonriendo la bibliotecaria—. ¿Cuál es su número? ¡Ah, sí! Bien, cuando el policía vuelva le diré que otra persona se lo ha llevado prestado, y será cierto, porque yo le llevo prestado a usted.

El Bandido-Jefe dirigió una elocuente mirada a la señorita Laburnum.

—Y ahora —siguió la joven—, debe hacerse socio de la biblioteca y retirar en préstamo algunos libros para sus pobres bandidos.

—Si me hago socio, a lo mejor puedo llevarme en préstamo también a usted —dijo el Bandido-Jefe con la audacia propia de los buenos ladrones.

La señorita Laburnum se puso colorada y cambió rápidamente de tema. Le entregó unos estupendos libros de aventuras y le rogó que se fuera cuanto antes.

Acababa de irse cuando entró el policía.

—Bien —dijo enseñando su tarjeta de lector—, me gustaría llevarme al Bandido-Jefe, si usted me lo permite.

Mostraba un aire tan esperanzado que producía pena tener que decepcionarle. La señorita Laburnum lanzó una rápida ojeada al estante de la «**B**».

—¡Oh! —exclamó la bibliotecaria—. Lo lamento, pero se lo ha llevado otra persona. Debió usted haberlo reservado.

El policía miró fijamente al estante y luego a la señorita Laburnum.

—¿Puede anotar mi reserva? —preguntó tras un momento de silencio.

—Por supuesto —respondió la bibliotecaria—, aunque debo indicarle que la espera puede ser larga. Hay muchos lectores que aguardan su turno.

Después de aquel acontecimiento el Bandido-Jefe iba con regularidad a la ciudad, siempre a escondidas, para cambiar sus libros. Era peligroso, pero pensaba que valía la pena.

A medida que los bandidos leían sin interrupción, su cultura y sabiduría aumentaban, hasta el extremo de que se convirtió en la banda más cultivada y filosófica que uno podía encontrar. En cuanto a la señorita Laburnum, no había duda de que protegía y ayudaba a los bandidos. Un comportamiento poco adecuado para una bibliotecaria, pero tenía sus buenas razones.

IV

Un día se produjo un terrible terremoto. Todas las chimeneas de la ciudad se cayeron. Los edificios crujieron y temblaron. En el bosque, los bandidos sufrieron también los efectos del terremoto. Los árboles se tambaleaban y las piñas caían como granizo. Por fin, la tierra dejó de estremecerse. El Bandido-Jefe, muy pálido, gritó:

—¡La biblioteca! ¿Qué le habrá ocurrido a la señorita Laburnum y a los libros?

Cada uno de los bandidos se puso pálido, de forma que nadie habrá visto nunca juntos a tantos bandidos tan pálidos.

—¡Rápido! —gritaron—. ¡Hay que salvarlos! ¡Vamos a salvar a la señorita Laburnum! ¡Vamos a salvar los libros!

Sin cesar de dar gritos, se lanzaron a la carretera que llevaba del bosque a la ciudad.

El policía los vio, pero al oír sus heroicos gritos decidió ayudarlos primero y arrestarlos después.

—¡Salvemos a la señorita Laburnum! —gritó el policía—. ¡Rescatemos los libros!

¡Qué terrible espectáculo los aguardaba en la biblioteca! Todos los cuadros, flores, etiquetas, estanterías y libros habían caído al suelo en confuso revoltijo, como hojas arrancadas de los árboles en otoño.

No se veía ni rastro de la señorita Laburnum.

Al producirse el terremoto, la señorita Laburnum se encontraba ordenando libros en el almacén, donde se guardaban todos los libros viejos y deteriorados.

Infinidad de enciclopedias y pesados volúmenes se desplomaron sobre ella. Al concluir el terremoto todavía estaba viva, pero tan enterrada entre libros que no podía moverse.

«Aplastada por la literatura —pensó la señorita Laburnum—. La muerte ideal para una bibliotecaria».

No la hacía muy feliz este acontecimiento, pero no había nada que pudiera intentar para salvarse. Pero entonces oyó una valerosa voz:

—¡Ernestina! ¡Ernestina Laburnum!

Alguien estaba retirando los libros que la aplastaban. Se trataba del Bandido-Jefe.

—¡Bienvenido, Bienvenido Bienhechor! —murmuró dulcemente la señorita Laburnum—. Es un nombre muy adecuado para ti.

Con exquisita ternura, Bienvenido la puso en pie y le sacudió el polvo que la cubría.

—He venido con la mayor rapidez posible —dijo el Bandido-Jefe—. ¡Oh, Ernestina!, a lo mejor no es el momento adecuado para pedírtelo, pero te aseguro que estoy dispuesto a dejar mi vida de crímenes y convertirme en un hombre honrado. Ernestina, ¿aceptarías casarte conmigo? Creo que necesitas a alguien capaz de quitarte los libros de encima y... bueno, rescatarte de vez en cuando. Así que las cosas se simplificarían mucho si te casaras conmigo.

—Por supuesto, me casaré contigo —aceptó contenta la señorita Labur-

num—. Después de todo, yo te tengo en préstamo gracias a mi tarjeta de lectora. Eso significa que te admiraba en secreto desde hace tiempo.

En la sala principal de la biblioteca había una gran actividad. Bandidos y concejales trabajaban juntos como hermanos. Ordenaban las etiquetas, archivaban las fichas, colocaban en sus estantes los libros caídos. Todos aplaudieron cuando el Bandido-Jefe apareció con la señorita Laburnum, magullada pero más hermosa que nunca.

—Ejem —dijo el Bandido-Jefe—. Soy el hombre más feliz de la Tierra. La señorita Laburnum ha aceptado casarse conmigo.

Todo el mundo recibió este anuncio con grandes aclamaciones.

—Bajo una condición —indicó la joven—. Todos ustedes dejarán de robar y cometer fechorías, y se convertirán en bibliotecarios. No fueron muy buenos como bandidos, pero creo que como bibliotecarios podrán ser excelentes. Puedo decir que estoy muy orgullosa de todos ustedes.

Los bandidos se quedaron sin aliento. Jamás, mientras eran unos simples e ineficaces bandidos en el bosque, habían soñado con tal elogio. Profundamente conmovidos, juraron allí mismo que abandonarían su vida de delincuentes para convertirse en bibliotecarios.

Todo aquello fue muy emocionante. Incluso el policía lloró emocionado.

V

Desde entonces aquella biblioteca funcionó extraordinariamente bien. Con todos los nuevos bibliotecarios, el ayuntamiento pudo abrir una biblioteca dedicada a los niños, en la que todos los días se leían cuentos y se representaban divertidas obras de teatro. Los bibliotecarios bandidos habían conseguido una gran experiencia después de las prácticas realizadas en el bosque alrededor de la hoguera.

La señorita Laburnum, que pronto se convirtió en la señora Bienhechor, pensaba a veces que la biblioteca para niños era un poco más fantástica y salvaje, pero también más divertida, que el resto de bibliotecas que conocía. Pero esto no le preocupaba. No le preocupaba que todos los bibliotecarios bandidos llevaran grandes barbas negras ni que quitaran todos los letreros que ordenaban SILENCIO y PROHIBIDO HABLAR.

Quizá ella misma, en su interior, tenía más de bandida de lo que nadie había sospechado. Por supuesto, el antiguo Bandido-Jefe y ahora Primer Ayudante de la Biblioteca, Bienvenido Bienhechor, conocía estas secretas inclinaciones de su esposa, pero él no se lo dijo nunca a nadie.

Aquí acaba este libro
escrito, ilustrado, diseñado, editado, impreso
por personas que aman los libros.
Aquí acaba este libro que tú has leído,
el libro que ya eres.